BEMBO, RONSARD ET GASSION.

ÉTUDE CRITIQUE,

PAR F. COUARAZE DE LAA,

PROFESSEUR DE LOGIQUE AU LYCÉE IMPÉRIAL DE TARBES, MEMBRE DE LA SOCIÉTÉ ARCHÉOLOGIQUE
DU MIDI DE LA FRANCE ET DE PLUSIEURS AUTRES SOCIÉTÉS SAVANTES.

AGEN,

IMPRIMERIE DE PROSPER NOUBEL.

1862.

BEMBO, RONSARD ET GASSION

ÉTUDE CRITIQUE.

BEMBO, RONSARD ET GASSION.

ÉTUDE CRITIQUE,

PAR F. COUARAZE DE LAA,

PROFESSEUR DE LOGIQUE AU LYCÉE IMPÉRIAL DE TARBES, MEMBRE DE LA SOCIÉTÉ ARCHÉOLOGIQUE
DU MIDI DE LA FRANCE ET DE PLUSIEURS AUTRES SOCIÉTÉS SAVANTES.

AGEN,

IMPRIMERIE DE PROSPER NOUBEL.

1862.

A LA MÉMOIRE VÉNÉRÉE

DE MON AÏEUL LE DR FRANÇOIS DE LAA,

NÉ LE 17 DÉCEMBRE 1722,

SUCCESSIVEMENT Ier JURAT, ECHEVIN ET MAIRE DE LA VILLE D'ARUDY,

Médecin ordinaire et Gouverneur de la Vallée d'Ossau,

Député des Etats du Béarn, Conseiller du Roi,

Intendant des Eaux-Bonnes et des Eaux-Chaudes, Inspecteur honoraire de ces mêmes
Eaux Thermales, par Décret Impérial, rendu à Posen, en 1806;

DÉCÉDÉ EN MARS 1807, AU MILIEU DES REGRETS UNIVERSELS.

BEMBO, RONSARD ET GASSION.

ÉTUDE CRITIQUE.

I

Quand on fait une étude sérieuse de la langue béarnaise, telle qu'on la trouve dans les vieilles chartes et les chants populaires, et telle qu'elle a été conservée ou modifiée dans le commerce usuel, on ne saurait s'empêcher d'en admirer la mâle souplesse, la naïve originalité et la riche harmonie. C'est bien dans cette langue, rameau fécond de la langue romano-méridionale, qu'il est facile de remarquer les caractères de cet idiome beau, bref, nerveux et puissant dont Montaigne a fait un éloge si juste et si vrai (1).

« Nette, signifiante et communicative (2), » cette langue se distingue par la facilité avec laquelle on transforme les substantifs en verbes, on façonne les diminutifs et les augmentatifs, et surtout par l'abondance des expressions imagées et pittoresques.

D'un autre côté, par la structure de la phrase qui se déroule avec aisance et clarté à travers les plus longues périodes, le langage béarnais, dans les anciennes délibérations et rédactions judiciaires, se rapproche merveilleusement de la langue française telle qu'elle se dessine sous la main de Descartes, dans l'immortel Discours de la Méthode.

Elle réunit donc ainsi deux qualités qui semblent s'exclure : l'imagination et le bon sens ; la poésie et la raison (3).

---

(1) Essais de Montaigne, liv. II, ch. XVII, de la Présomption.
(2) Rathery : De l'influence de l'Italie, sur la littérature française, p. 8.
(3) Voir nos « Chants du Béarn et de la Bigorre, etc. »

Dans notre « histoire physique, politique, religieuse, littéraire, monumentale et scientifique de la vallée d'Ossau, » nous nous livrons à un examen approfondi de cette intéressante question ; et par l'étude comparée du *béarnais-ossalois*, avec l'italien, l'espagnol, le grec et le latin, nous parvenons à en démontrer la richesse ; mais ici nous ne voulons qu'esquisser l'histoire d'un *sonnet béarnais*.

II

Il s'agit du *sonnet de Gassion*, précieusement conservé par la tradition pendant environ deux siècles, et imprimé en 1827, pour la première fois, dans le riche et curieux recueil de poésies béarnaises de M. Em. Vignancour.

Voici d'abord le texte de cette œuvre poétique, avec la véritable orthographe (1) du Béarn :

Quoaand lou printemps, en raube pingourlade,
A hèyt passa l'escousou deus grans redz,
Lou cabiroü, per bounds et garimbetz,
Sauteriqueye au mieytan de la prade.

Au bèt esguit de l'aube ensafranade,
Prenent la fresque, au loung deus arribetz.
Miralha-s' ba dehens l'aygue aryentade,
Puixs seu tucoü hè cent arricouquetz.

Deus caas courrentz cranh chic la clapiteye ;
Eth se tien saub ; mes, entant qui houleye,
L'arquebusè lou da lou cop mourtau !

Atau bibi sens tristesse ni mieye,
Quoaand u bèth oelh m'ana ha, per embeye,
Au miey deu coo, bère plague leyau !

(1) Vid. Raynouard, — l'excellente grammaire béarnaise, par V. Lespy, — et nos « chants du Béarn, » p. 25.

La meilleure traduction de ce texte, c'est le texte lui-même, pour ceux du moins qui sont initiés à la connaissance de l'idiome béarnais ; car, comme on l'a dit avec raison : « *Traduttore traditore :* » chaque langue a son génie particulier, ses images, sa structure et sa physionomie ; et rien de cela ne saurait exactement passer dans une langue étrangère.

Toute l'ambition d'un traducteur doit se borner à se rapprocher le plus possible du texte original pour la forme, et à reproduire fidèlement la pensée sans contre-sens : chose pourtant si rare !

En nous permettant de hasarder un essai de traduction du *sonnet*, ayons donc soin de l'éclaircir par des notes.

> Quand le printemps, en robe diaprée (1),
> A fait passer l'âpreté (2) des grands froids,
> Le chevreuil, par bonds et gambades,
> Sautille (3) au milieu de la prairie.
>
> Dès le lever (4) de l'aube safranée (5),
> Prenant le frais, le long des ruisseaux,
> Il va se mirer dans l'eau argentée,
> Puis sur le tertre il fait cent cabrioles (6).
>
> Des chiens courants il craint peu l'aboiement (7),
> Il se croit en sûreté ; mais, pendant qu'il folâtre,
> L'arquebusier lui donne le coup mortel !

(1) *Diaprée* rend le sens de *pingourlade* ; mais le pittoresque de l'expression disparaît.

(2) Le sens propre de *escousou* est *le cuisant*, de *coquere*.

(3) L'harmonie imitative de l'expression *sauteriqueye* a disparu dans la traduction.

(4) L'image de *esguit*, de *exire*, sortie, élancement, disparaît dans la traduction *lever* ; de plus, *au bèt esguit*, renferme un idiotisme que l'on retrouve dans certaines locutions de la langue française, comme *beau milieu*, mais qui, dans ce cas-ci, ne saurait être traduit mot-à-mot.

(5) Ronsard a dit dans la Franciade, livre 4e :

> « Et que l'Aurore à la main *safranée*, etc. »

(6) *Cabrioles*, de l'italien cavriola, capriola, espèce de saut qu'on fait faire aux chèvres ; — c'est le sens de *arricouquets* ; mais qu'on est loin de l'image et du pittoresque de cette dernière expression !!

(7) *Clapitèye*; aboiements confus, répétés et perçants ; expression d'ailleurs remarquable d'harmonie imitative.

Ainsi je vivais sans la moindre (1) tristesse,
Quand un bel œil m'alla, par envie,
Au milieu du cœur, faire une plaie profonde (2).

C'est en vain que nous chercherions dans la langue française des expressions assez exactes pour reproduire le pittoresque de *garimbetz*, — *arricouquetz*, — *arribetz*, — *miralha*,
— l'harmonie imitative de *sauteriqueye*, — *esguit*, — *clapiteye* ; l'énergique précision de *escousou* ; l'allusion de *leyau*, et
le laisser-aller de ces tours : Miralha-s' ba, — m'ana ha.

Et de cette impuissance de la langue française en pré-
sence de ce seul poëme, ne pourrait-on pas conclure la
supériorité *relative* du langage béarnais? Et cependant,
qu'est-ce que ces expressions et ces tours, à côté de mille
autres que l'on rencontre, à chaque pas, dans nos chants et
nos poésies populaires?

(1) *Ni mieye ;* simple expression proverbiale, que l'on ne saurait tirer ni de
minima, ni de *mica*, miette, que l'on trouve dans ce vers de Martial : « *Nul-
laque mica salis, nec amari fellis in illis :* » Il n'y a *mie* de sel… Cette expression revient à celle-ci : « Sans tristesse ni moitié » de tristesse, au lieu de
« la moindre ; » comme dans d'autres locutions patoises et françaises.

(2) L'allusion renfermée dans l'expression *plague leyau*, disparaît, quand on
traduit *leyau* par profond. Dans l'art. 163 du vieux for béarnais du XIe siècle,
si bien traduit et commenté par MM. Hatoulet et Mazure, on lit : « Per
plagua leyau, pague lo qui plagua au plagat XVIII soos et au senhor XVIII
soos : — pour plaie majeure, que celui qui l'a faite paye au blessé 18 sous et
au seigneur 18 sous. »

Cette plaie *leyau* était opposée à la *plague* simple, pour laquelle on ne payait
que 6 sous au seigneur et autant au blessé ; elle tirait son nom ou de *ley*,
amende, ou bien de ce que celui qui l'avait faite, tombait sous le coup de la
loi, *ley*.

D'après le nouveau for, réformé sous Henri II de Navarre, la plaie *leyau*
est celle qui a une *once* de longueur ou de profondeur, et l'once est la cinquième
partie d'un empan de canne.

Art. 4. Plagua leyau es dita, si ha una onsa de long, ô de pregon : … et
es la onsa, la cinqual part de un paum de cana.

D'après le vieux for, « la plague pregone de la payère de una onsa es
leyau, » et ailleurs « un ditt es una onsa. »

Qu'on essaye, par exemple, de traduire ces expressions (1) :

Empenade, — galanteye ; — enclabat, — esbarrit, — baganaut, — barreya, — gourgouleya, — desglare, — adescade, — targa, — arrounsa ; — capbira, — desenciat, —
embescat, — roundeya, — esbatouse, — brounitère, —
arricoade, — capihouna, — espernica, — trepeya, —
arrousega, — tartalh, — museya, — flaunhaqueya, —
arpateyade, — tringuereya, — esglaxa, — s'aplega.

(1) — « Appren-me dounc en quine clète
      « S'ey *empenade* ma gauyou. »   D'ESPOURRIN.
   — « Lous amous que-t'*galanteyen*. »   Id.
   — « Triste troupèt b'ès *esbarrit*. »   Id.
   — « Lou coo tout *enclabat*. »   Id.
   — « En *baganaut* la tarridan. »   Id.
   — « Eth *barreye* sus moun cami
      « A brassatz las flourettes. »   Id.
   — « Toute *adescade*
      « Au me larè. »   Id.
   — « Quoand se *targabe* en danse. »   Id.
   — « Las *m'arrounsès* seu nas. »   Id.
   — « Despuixs ensa soy demourat
      « Coum u *desenciat*. »   Id.
   — « Deus charmes d'ue youene pastoure
      « Moun praube coo s'ey *embescat*. »   Id.
   — « D'entene *gourgouleya*
      « Toun ayguette bibe. »   X. NAVARROT.
   — « La neü despuixs ensa, sus las pennes d'Ossau
      « Mantu cop be s'ey *desglarade*. »   SUPERBIE-CAZALET.
   — « Que la m'ha *capbirade* »   Id.
   — « Beu me *roundeye* plàa prou. »   DE BITAUBÉ.
   — « L'*esbatouse* laudette. »   LAMOLÈRE.
   — « Qu'èy audit gran *brounitère*. »   Id.
   — « Tu plàa-n-ès *arricoade*. »   X. NAVARROT.
   — « Que hazè cent *capihounes*. »   Id.
   — « *Espernican* coum u tentat. »   Id.
   — « Boulhat sabe si *trepey'en* mesure. »   LAMOLERE.
   — « Lou me pincèu nou hè qu'*arrousega*. »   Id.
   — « Que lou me còo nou hasqu'u loung *tarthal*. » Id.
   — « Atau coum are ey *muzeye* lou goey. »   Id.
   — « *Flaunhaqueya* d'ahide. »   Id.
   — « Mantuc *arpateyade*. »   Id.
   — « Et deu ha trop *tringuereya*. »   Id.
   — « Et tiet, que soy segu que l'aurey *esglaxade*. »   E. PICOT.
   — « Margalidèt poumpouse et bère
      « Que s'*aplegabe* deu marcat. »   A. HATOULET.
   — « Empero coum peus càas, la lèbe perseguide
      « S'en retourne a soun *yas*, quoand se sen *esheride*,
      « Atau mouns ossales you m'en irey trouba. » TH. DE BORDEU.

Après ces observations, il est facile de voir pourquoi nous avons pu dire à la rigueur que le sonnet de Gassion est intraduisible. Et pourtant, à le lire, il semble qu'il n'y a rien de plus simple, de plus facile ; mais, quand on se met à l'œuvre, on ne tarde pas à comprendre la profonde vérité de ce mot d'Horace, à propos de certains poëmes :

« Chacun se flatte d'en faire autant ; mais on voit bientôt celui qui ose se mettre à l'œuvre, suer et se tourmenter en vain (1). »

Et ici nous revient en mémoire une charmante anecdote qui ne remonte pas bien haut dans notre siècle. C'était pendant la saison thermale de 1860, à Bonnes, dans la pittoresque et riante vallée d'Ossau en Béarn.

En l'honneur de l'auguste souveraine de la France, la Muse d'Ossau avait choisi cette fois pour organe la bonne et spirituelle dame du château d'Arudy, afin d'exprimer dans la langue béarnaise son amour et sa reconnaissance pour leurs Majestés et le Prince impérial.

Les inspirations de la Muse furent chantées par un chœur de montagnards, et l'Impératrice en parut agréablement émue (2).

---

(1) « .... ut sibi quivis
« Speret idem, sudet multum frustraque laboret
« Ausus idem........................ »

HORAT., *Ars poet.* V. 240.

(2) On ne lira pas sans intérêt ces deux Chants « *inédits* » qui, au mois d'août 1860, furent exécutés par un chœur d'Ossalois, sous les fenêtres de la *Maison du Gouvernement*, aux *Eaux-Bonnes*. Ce ne sont pas évidemment des modèles sous le rapport de la régularité et de la correction pour la rime, mais par leurs défauts même ils se rapprochent mieux des vieilles ballades d'Ossau, dont ils reflètent d'ailleurs la naïve simplicité, l'aimable abandon et la délicatesse des sentiments.

Chant pour la Naissance du Prince Impérial.

AIR OSSALOIS : *Au Berduré.*

Aygues Bounes de loenh ensa	Les *Eaux-Bonnes* depuis longtemps
Pregaben Diu boulousse da	Priaient Dieu de vouloir donner
Bèt maynat à Lur Majestat	Un enfant à Leurs Majestés
Ta ha lou bounhur de l'Estat.	Pour faire le bonheur de l'État.

Or, Scribe, par hasard, se trouvait en même temps à Bonnes où il était venu chercher la fontaine de Jouvence, auprès de la *Butte du Trésor* et de son onde merveilleuse.

Curieux, il voulut, lui aussi, connaître ces chants naïfs, reflet si naturel du vieil esprit ossalois ; et, après des expli-

Ossau	En Ossau
Troubaran amouretes ;	On trouvera une tendre affection ;
Ossau	En Ossau
Beus aymaran coum cau.	On les aimera comme il faut.
L'emperatrice b'ha'ntenut	L'Impératrice a entendu
Lou crit de soun permiè badut,	Le cri de son premier-né ;
U bèt arram qu'ha meritat	Un beau rameau a été mérité
Nouste-Dame qui ly ha dat.	Par Notre-Dame qui le lui a donné.
Ossau...	En Ossau...
Auta biste. qu'èths han sabut	Dès qu'ils ont su
Que lou hillot ère badut,	Que le petit Prince était né,
Lous Ossales tan han cridat	Les Ossalois ont tant acclamé
Que las mountanhes n-han tremblat.	Que les montagnes en ont tremblé.
Ossau...	En Ossau. .
Biste la *Hade* d'Aygues-Bounes	Aussitôt la *Fée* des Eaux-Bonnes
Que digon tout gauyousamentz :	A dit toute joyeuse :
Jou que bouy aumenta las dounes	Je veux augmenter les sources,
Enta que pla coulen toustem.	Afin qu'elles ne tarissent jamais.
Ossau...	En Ossau...
Chens retard tout qu'ey ahuegat,	Sans retard tout est en feu ;
Y que bedoun dens lous clédatz	Et l'on vit dans les bergeries
Lous superbes mayrams pinna,	Le beau bétail tressaillir,
Lous beroys anhetz houleja.	Les jolis agneaux folâtrer.
Ossau...	En Ossau...
Maynat, qu'es Prince, seras Rey,	Enfant, tu es Prince, tu seras Roi ;
Hère tard pusques esta mey ;	Que bien tard tu puisses être davantage ;
Que ta race pusque dura	Que ta race puisse durer
Quate mile ans et au dela.	Quatre mille ans et au-delà.
Ossau...	En Ossau...
Que Diu que boulhe counserba	Que Dieu veuille conserver
Lou bou pay en ta l'ensenha ;	Le bon père pour l'instruire ;
May e hilhou tau da plases	La mère et le fils pour faire le bonheur [du père.]
Et a la France double mes.	Et plus encore celui de la France.
Ossau. .	En Ossau...

Chant d'Adieu à l'Impératrice, à son départ des Eaux-Bonnes, en 1860.

Air : *Partant pour la Syrie.*

La noust'Emperatrice	Notre Impératrice
Are nous ba quitta ;	Maintenant va nous quitter.
Plase qu'habem'ut hère	Nous avons eu grand plaisir
De la bedé arriba ;	A la voir arriver ;
Toutz lous de la Ballée	Tous les habitants de la vallée
A Diu ban demanda	A Dieu vont demander
Qu'eu hassen be las aygues	Que les eaux Lui fassent du bien,
Et que boulhe tourna.	Et qu'Elle veuille revenir.

cations claires et littérales sur chaque vers, il essaya d'en faire passer la grâce et la beauté dans une traduction française.

Il se mit donc à l'œuvre, et déjà il avait laissé s'échapper de sa plume facile et légère quelques couplets harmonieux, lorsque arrivé à ce passage empreint d'une simplicité tout antique :

> « Are toutz qu'eu counexen,
> Que l'han sus lou papè,
> A la porte de l'armari
> E a *la deu Soulè ;* »

Il laissa tomber la plume et déchira ce qu'il avait écrit.

Comment voulez-vous, s'écria-t-il, que je fasse passer dans la langue française : « la porte *deu Soulè ?* » Admirable de naïveté charmante dans l'idiome d'Ossau, ce serait ridicule en français.

Les amis de la littérature regretteront avec nous le déses-

Majestat tant aymable,	Majesté bien aimable,
Si bous tournatz ensa,	Si vous retournez de ce côté-ci,
Bep' bieneram arcoelhe	Nous viendrons à votre rencontre,
A Pau et au dela ;	A Pau et *même au-delà* ;
Miatz-nous lou petit Prince,	Amenez-nous le petit Prince
Qui habem tant desirat ;	Que nous avons tant désiré ;
Nous que bous at proumetem,	Nous vous le promettons,
Sera lou plaa goardat.	Il sera bien gardé.
Sera lou capitèni	Il sera le capitaine
Deus bètz hilhotz d'Ossau ;	Des beaux enfants d'Ossau ;
Aquere coumpanhie	Cette compagnie
Lou serbira coum cau ;	Le servira comme il faut :
Are toutz qu'eu counexen ;	Maintenant tous le connaissent ;
Que l'han sus lou papè,	Ils l'ont sur le papier
A la porte de l'armari	A la porte de l'armoire
Et a *la deu Soulè.*	Et à celle du *premier étage.*
Bibe, bibe lou Prince,	Vive, vive le Prince,
Bibe Lurs Majestatz ;	Vivent Leurs Majestés ;
De toutz lous d'Aygues-Bounes	De tous ceux des Eaux-Bonnes
Ben soun hort beneratz ;	Ils sont bien vénérés ;
Si nou lous saben dise	Si nous ne savons pas leur dire
Quin lous aymam de plaa,	Combien nous les aimons tendrement.
Hurous que serem hère	Nous serons très-heureux
Deus ath poude prouba,	De pouvoir le leur prouver.

poir du dramaturge, car il nous a privés de la lecture d'une belle imitation.

III

Mais passons à l'origine de *notre sonnet*, et tâchons d'en faire connaître le véritable auteur.

Tous ceux qui en ont parlé depuis **1827**, l'attribuent sans doute à la famille de Gassion ; mais ils ne sont pas d'accord sur le membre de cette famille qui en serait l'auteur.

Ils l'attribuent, les uns (1) au président de Gassion, les autres à un comte de Gassion, petit-neveu du maréchal (2) ; ceux-ci à un membre de la famille, sans désignation spéciale (3) ; ceux-là, enfin, à un membre qui l'avait composé en **1690** (4).

Il est fâcheux que ces écrivains n'aient pas indiqué leurs preuves.

Au milieu de cette divergence d'opinions, nous croyons devoir faire connaître un document qui nous paraît propre à éclaircir la question d'origine, et que nous avons puisé dans un ouvrage inédit de Théophile de Bordeu, poëte lui aussi et de la meilleure souche.

D'après une indication qu'il tenait d'un vieux marquis de Gassion, son contemporain, le membre de cette famille qui avait eu le don des vers et à qui, par conséquent, il serait naturel d'attribuer le *sonnet*, n'était pas *Président* du parlement de Navarre, mais bien *médecin* ; et comme l'œuvre inédite dans laquelle Bordeu a consigné, en passant, ce renseignement, remonte à **1750** environ, il est probable

---

(1) V. Lespy, Grammaire béarnaise, p. 79.
(2) L. T. d'Asfeld : Chroniques du Béarn, t. II, p. 448.
(3) E. Vignancour : Poésies béarnaises, p. 189.
(4) G. De Lagrèze : Essai sur la langue et la littérature du Béarn, p. 25.

que le médecin de Gassion, dont il s'agit, vivait dans la seconde moitié du xviie siècle.

Mais, transcrivons textuellement la note de Bordeu :

« J'ai ouï dire à un vieux marquis (1) de Gassion, qui comptait parmi *ses ancêtres un médecin, excellent poëte béarnais*, qu'étant tombé malade en Allemagne, on lui fit venir un vieux médecin de réputation. La physionomie du docteur le frappa, et il n'osa lui faire part de son idée que dans sa convalescence. Enfin, il se détermina à lui dire : Docteur, je crois vous avoir vu autrefois ? Eh oui, Monsieur le marquis, reprit le médecin, vous m'avez vu, il y a *quarante ans*, garçon-maréchal auprès de St-Sever, Cap-de-Gascogne. J'eus soin du bidet sur lequel vous alliez rejoindre votre régiment, et qui vous mit, je crois, dans le cas de faire votre route à pied. Il était bien malade. Je passai en Allemagne où je me fis chirurgien et frater de campagne. Ayant par la suite étudié dans une bonne université, j'appris la médecine, et je vous assure que mon premier métier m'aida beaucoup dans ce pays là (2). »

Cette indication de Bordeu, d'après laquelle l'auteur du *sonnet*, serait un médecin de la famille de Gassion, aïeul du marquis, ne paraît-elle pas plus acceptable que les assertions de ceux qui, d'après de vagues traditions, sans doute, et à une distance de plus d'un siècle et demi, viennent l'attribuer au président (3) ou à un petit-neveu du comte de Gassion ?

(1) Ce vieux marquis de Gassion, dont parle Bordeu, est celui auquel Moreri, dans son dictionnaire, consacre les lignes suivantes : « Pierre Arnaud, vicomte de Montboyer, puis marquis de Gassion, premier baron en Perche, maréchal des camps et armées du Roi, épousa, le 16 avril 1708, Marie-Jeanne Fleuriau, fille de Joseph-Jean-Baptiste, seigneur d'Armenonville, garde-des-sceaux de France, et de Jeanne Gilbert. »

(2) Théophile de Bordeu : Ouvrage inédit in-folio, sur les progrès de la médecine, p. 200 : Discours sur la médecine vétérinaire.

(3) De quel président de Gassion veut-on parler ? Il y a eu quatre Présidents dans cette famille. — Quel est ce comte de Gassion ?

Et sans ce document, nous serions plutôt porté à attribuer le sonnet au maréchal (1) lui-même qui, sous le nom de Jean de Hontas, s'était distingué par ses brillants succès littéraires chez les Barnabites de Lescar, et qui, comme plus tard Bordeu, avait toujours gardé, sans doute, une prédilection bien marquée pour la langue de son pays natal.

Et pourquoi ne nous serait-il pas permis, dans ce cas, de trouver l'occasion du fameux *sonnet* dans une circonstance aussi curieuse que peu connue de la vie du maréchal, qui se serait peint lui-même dans ses vers?

Entraîné par l'enthousiasme guerrier (2), absorbé par la

---

(1) Marie de Gassion, *sœur* du maréchal, — et non sa *nièce*, comme l'avance, sur une fausse indication, l'auteur de la *Statistique générale des Basses-Pyrénées*, tom. 1er, — fut mariée par contrat du 24 juillet 1629, à Antoine Ier d'Espalungue de Louvie, en Ossau, dont la famille, une des plus anciennes et des plus illustres du midi de la France, se divise en deux branches, dont l'aînée est aujourd'hui représentée par Mlle Pauline de Hitton, nièce du baron Pascal d'Espalungue de Louvie, et dont la cadette est également représentée par N. d'Espalungue, baron d'Arros. — Mss d'Espalungue. — Voir l'*épitaphe* qui est sur la tombe de Raymond d'Espalungue à Béost (vallée d'Ossau).

—Jean de Gassion, né le 20 août 1609 « étoit fils d'un président au parlement de Pau, et il m'a conté lui-même (quoiqu'il ne vînt point à la Cour, et que je l'aie peu connu) qu'il quitta la maison paternelle, à l'âge de quinze ans, pour aller à la guerre, fuyant la robe et l'étude, et qu'il en sortit avec vingt ou trente sols sur lui. Il me dit qu'il fut contraint de mettre ses souliers au bout d'un bâton sur ses épaules, et de vivre sur le public jusques à ce qu'ayant trouvé des troupes, il s'enrôla dans le service. Il y servit si bien et fit de si belles actions, qu'enfin, il en étoit devenu maréchal de France, sans avoir abordé les favoris que pour en recevoir des éloges. Le feu cardinal de Richelieu l'avoit en grande estime, et disoit de lui qu'il ressembloit à Bertrand du Guesclin, hormis qu'il n'étoit pas si grossier... Étant au siège de Lens, il fut blessé d'une mousquetade à la tête, et le 5 (*) du mois (octobre 1647), il mourut de ses blessures... Il reçut la mort avec une fermeté d'âme et d'esprit, qui donna des marques visibles de son mérite et de son courage... Il fut infiniment regretté de toute l'armée, et particulièrement de ses officiers, de ses troupes; et jusques aux simples soldats en témoignèrent de la douleur. » — Mémoires de Mme de Motteville, tom. 1er, pag. 438.

(*) *Erreur* : Le maréchal fut blessé le 29 septembre et mourut quatre jours après à Arras où il avait été transporté.

(2) « Un penchant irrésistible l'entraîna vers la carrière des armes. Le père s'y opposa longtemps. Les succès littéraires de son fils lui donnaient l'assurance qu'il réussirait dans la robe, tandis qu'en courant les chances de la guerre, son avenir étoit douteux. Hontas étoit bien jeune, mais sa volonté étoit arrêtée : il essaya de vaincre la résistance paternelle. Il y réussit après de longues instances. Son père étoit trop sage pour laisser ses fils se jeter imprudemment dans un état qui ne pouvoit pas leur convenir ; mais il étoit trop

vie militaire, Gassion, si énergiquement nommé *la Guerre*
par Richelieu, s'était longtemps montré insensible aux at-
traits de la beauté et aux douceurs de l'hymen ; sûr de son
cœur, comme il le disait lui-même au roi de Suède, il
l'empêchait bien de ne se laisser blesser que pour le service
de S. M.

Un jour, cependant, une beauté modeste et sévère le
toucha profondément, et son image resta gravée dans son
souvenir.

Parvenu au Maréchalat, après la bataille de Rocroy, il
hasarda une démarche pour demander la main de Mademoi-
selle de Hautefort, brillante et pure étoile de la cour de
Louis XIII (1).

Mais la gloire du maréchal ne tenta point Marie de Hautefort, et, sans répondre par un refus direct, elle se contenta
d'alléguer la divergence de religion (2). Catholique, pouvait-
elle s'unir à un protestant (3) ?

Cette déconvenue dut naturellement affliger le cœur du
héros ; et qu'y aurait-il d'étonnant en ce qu'il eût voulu
peindre son état dans le sonnet béarnais ?

raisonnable pour contrarier des goûts bien prononcés. Il céda aux désirs de
Hontas, et lui recommanda de ne paraître devant lui qu'après avoir recueilli
quelque gloire. « Sachez, ajouta-t-il, que vous m'aurez pour le plus grand
ennemi si vous manquez de cœur, et que je serai le second de tous ceux que
vous pourrez quereller mal à propos. » —Mazure, *Histoire du Béarn et du pays
basque*, page 565.

(3) VID. *Etudes sur les femmes célèbres du* XVII*e siècle*, par M. Cousin qui,
grâce à la bienveillante communication du marquis d'Estourmel, a pu puiser de
curieux renseignements sur Gassion, dans une vie manuscrite de Mlle de Hautefort.

(4) Le maréchal de Gassion vécut attaché au protestantisme, tandis que son
frère puîné étoit ardent catholique et devint évêque d'Oloron. Et ce n'étoit pas
la première fois qu'on étoit témoin de pareilles divergences religieuses, au sein
d'une même famille : n'avoit-on pas déjà vu, en 1560, des deux frères de Ter-
ride, l'un, Saint-Salvi, soutenir avec lui la cause catholique, et l'autre, le jeune
Sérignac, marcher sous les drapeaux de Montgoméry ?

(5) A défaut de tout autre, ce seul motif aurait évidemment suffi à Mlle de Hautefort, pour ne pas correspondre aux vœux du maréchal, si elle eût partagé,
sur ce point, comme tout porte à le croire, les idées émises par Mme de
Motteville, dans ses mémoires, tom. 1er, pag. 438.

L'induction, si elle n'est pas rigoureuse, ne manquerait pas d'un certain air de verité.

IV

Nous arrivons enfin à un point qui a été ignoré jusqu'ici par ceux qui ont parlé du sonnet béarnais de Gassion. Ils ont tous regardé ce sonnet comme une œuvre originale, tandis que nous avons découvert qu'on ne doit y voir qu'une large traduction, qu'une imitation brillante d'une œuvre étrangère.

C'est aux poésies de Ronsard, ou plutôt à celles du cardinal Bembo, — traduites en certains passages ou imitées par Ronsard, — qu'il faut remonter pour retrouver l'original du sonnet béarnais; et cela seul suffirait pour nous fixer approximativement sur l'époque à laquelle il a été composé.

Or, dans les œuvres poétiques de Pierre de Bembo, esprit aimable, souple et brillant, que l'histoire nous montre tour à tour favori du prince de Ferrare et d'Urbin, secrétaire de Léon X, et cardinal sous Paul III, nous lisons le sonnet suivant, qui ne pâlirait pas trop à côté de ceux de Pétrarque, son modèle :

Si come suol, poichè'l verno aspro e rio
Parte, e dà loco alle stagion' migliori,
Uscir col giorno la cervetta fuori
Del suo dolce boschetto, almo natio ;

E hor sopra un colle, hor lungo d'un rio
Lontano dalle case e da' pastori,
Gir secura pascendo herbette e fiori.
Ovunque più la porta il suo desio ;

Nè teme di saetta, o d'altro inganno,
Se non quando è colta in mezzo il fianco
Da buon arcier, che di nascosto scocchi ;

Cosi senza temer futuro affanno,
Moss'io, Donna, quel dì, che bei vostr'occhi
M'impiagar lasso, tutto'l lato manco (1).

Voici la traduction de ce petit poëme, telle que nous la trouvons parmi les sonnets du célèbre Ronsard, de ce poète audacieux et fécond, mais pédantesque et bizarre,

« Dont la muse en français parla grec et latin; » (BOILEAU.)

et qui, pourtant, couronné par l'Académie de Clémence-Isaure, fut proclamé le poète français par excellence :

Comme un chevreuil quand le printemps *destruit*
Du froid hiver la poignante gelée,
Pour mieux brouter la feuille emmiellée
Hors de son bois avecq' l'aube s'enfuit ;

Et seul, et seur, loin de chiens, loin de bruit,
Or' sur un mont, or' dans une vallée,
Or' près d'une onde à l'escart *recélée*,
Libre, folastre, où son pied le conduit ;

De rets ne d'arc sa liberté n'a crainte,
Sinon alors que sa vie est attainte
D'un trait meurtrier *empourpré* de son sang,

Ainsi j'alloy sans soupçon de dommage,
Le jour qu'un œil, *sur l'avril de mon aage*
Tira d'un coup mille traits dans mon flanc.

---

(1) Au lieu d'essayer une nouvelle traduction en prose de ce sonnet, nous aimons mieux copier celle que nous devons à Pasquier ; car plus d'une fois elle se rapproche heureusement du texte original par la couleur des expressions et la tournure de la phrase.

« Comme le meschant hiver nous ayant quitté pour faire place à une meilleure saison, la biche sort avecq' le jour du doux bosquet, son naïf repaire,

Et ores sur une colline, ores l'orée d'un rivage, loin des maisons et des pastres, se va paissant en toute seurté, d'herbelettes et de fleurs, la part où son désir la meine,

Ne craignant ny flèches, ny tromperies, sinon lorsqu'elle se trouve *férie* au travers du flanc, par un fin archer qui estoit aux embûches :

Ainsi m'en alloy-je, ne me défiant d'aucun mal futur, le jour que vos beaux yeux, hélas ! me transpercèrent le costé gauche. » *Des Recherches*, etc., p. 890.

V

Nous pourrions maintenant rappeler l'origine provençale du sonnet sous l'influence arabe ; la grâce dont surent l'embellir en Italie Dante, Pétrarque et le Tasse ; l'éclat enfin dont il brilla en France au xvi⁰ et au xvii⁰ siècles, pour ressusciter sérieusement un instant de nos jours, grâce à l'inspiration d'un de nos plus aimables et de nos plus judicieux critiques (1) ; nous pourrions dire tout ce qu'il fallait d'esprit, de souplesse et de pénétration pour unir dans la mesure si courte de ce petit poëme, l'énergie de la pensée au charme de la diction ; il nous serait permis de parler de l'influence funeste qu'exerça plus d'une fois ce genre de poésie sur les mœurs et les lettres, dont il ternit la noble pureté et le véritable éclat, en s'éloignant de la nature ; mais laissons de côté toutes ces considérations pour ne nous occuper que du mérite de notre sonnet béarnais, comparé avec le modèle et les autres imitations.

Dans sa brillante et substantielle, mais trop rapide histoire du Béarn et du pays Basque, un membre éminent de l'Université, M Mazure, ancien professeur de philosophie, a jeté un coup d'œil vif et pénétrant sur les littératures basque et béarnaise. Il y apprécie avec autant d'éclat que de justesse les chants et les poésies des deux peuples voisins. Mais, dans les œuvres de cette pléiade de poètes distingués que produisit le xvii⁰ siècle, il signale au premier rang le sonnet de Gassion, dont il a, le premier, essayé une traduction française.

« La plus belle de leur production, dit-il, la plus digne de vivre, est un simple sonnet, mais il est très-beau. Sa poésie

(1) On devine facilement le nom de l'auteur des *Causeries du lundi*.

est si élevée, sa forme grammaticale est si pure que l'on ne blâmerait, dans ce chapitre consacré à la poésie béarnaise, de ne pas rapporter les vers où l'idiome béarnais s'est élevé, un seul jour, au niveau des langues les plus parfaites. Il n'y a rien de mieux dans Pétrarque comme élégance de poésie, de sentiment et de langage (1). »

Notre savant et fécond historien ignorait évidemment la véritable source du *sonnet béarnais ;* car il voyait une œuvre originale là où nous ne pouvons plus voir qu'une œuvre d'imitation.

Mais en restituant à Bembo l'honneur de la conception première, nous ne faisons que rendre à chacun ce qui lui est dû : « *Amicus Plato, sed magis amica veritas.* »

D'ailleurs, l'œuvre de Gassion est à la hauteur de son modèle.

Il y a sans doute dans le *sonnet béarnais* moins de facilité et d'aisance que dans celui de Bembo, qui semble jeté d'un seul coup dans le moule de la mesure rigoureuse et ne présente à notre esprit qu'une pensée unique dont le sens se déroule agréablement, et reste suspendu jusqu'au dernier mot, à travers les quatrains et les tercets.

Nous avouerions même que le poëme italien respire un air de simplicité qui se rapproche mieux de la nature ; mais ne trouve-t-on pas, en revanche, dans l'œuvre béarnaise quelque chose de plus correct, de plus savamment classique, des beautés mieux mises en relief ? Et ne pourrait-on pas avancer sans témérité que, par le pittoresque et l'harmonie imitative, par l'*exemption de défaut* (2), sous le rapport de l'expression et de la rime, elle ne rachète pas trop mal ce

---

(1) Mazure, Histoire du Béarn et du pays basque, p. 482.
(2) « Un sonnet sans défaut vaut seul un long poëme.»
BOILEAU, *Art. p.*, ch. II.

qui pourrait lui manquer sous le rapport de la mélodie et de l'aisance dans le mouvement?

Quoique plein d'affection filiale pour notre langue maternelle (1), nous n'oserions pas préférer le sonnet de Gassion à celui de Bembo ; mais, nous le déclarons sans crainte supérieur aux traductions poétiques de Baïf, dans sa *Francine*, de Pasquier, dans ses *Recherches de la France*, et même à l'imitation de Ronsard déparée par plus d'un trait affecté.

Pour peu qu'on examine ces œuvres avec impartialité, on partagera notre avis, et on ne lira pas, d'un autre côté, sans surprise, ce jugement littéraire de l'austère et savant auteur des *Recherches* : « Je veux croire que si Bembo revenait au monde, il voudrait bailler et son sonnet et deux autres de ressoute en contr'eschange de cestui (2) » — de celui de Ronsard.

Tant il est vrai qu'il est difficile même aux esprits les plus judicieux d'échapper aux entraînements de la mode, et de ne pas se laisser égarer par le sentiment de l'affection de la patrie, et par la contagion de l'esprit dominant de l'époque !

VI

Cette légère étude sur un sonnet classique paraîtra peut-être ambitieuse à quelques esprits peu dévoués au culte de la langue vulgaire ; mais qu'il nous soit permis d'invoquer comme circonstance atténuante, le droit de légitime défense, pour une langue qui se trouve gravement menacée dans son existence.

Et d'ailleurs nous ne croirions pas avoir tout à fait perdu notre temps, si nous étions parvenu à réconcilier avec elle

(1) « Nescio quâ natale solûm dulcedine cunctos
  Ducit, et immemores non sinit esse sui. »   OVIDE.

(2) Pasquier : des *Recherches de la France*, p. 891 ; in-4°.

et à rallier à sa cause quelques intelligences exclusives et trop ennemies du passé.

Nous faisons des vœux, sans doute, pour la propagation de plus en plus rapide et durable de la langue française, destinée, par ses admirables qualités, à devenir universelle ; mais nous désirons en même temps que l'on maintienne la langue romano-méridionale avec tous ses dialectes, et qu'on lui conserve une modeste place au foyer et dans le commerce usuel, surtout au sein des campagnes.

Avec le culte de la langue vulgaire, nous parviendrons à mieux sauver quelques débris de nos anciennes mœurs, des saintes croyances de nos pères, et de cette simplicité primitive que le progrès moderne, mal compris, ne respecte pas toujours assez ; et c'est au moyen de la connaissance sérieuse des idiomes connus dans toute la France qu'on pourra composer « une véritable histoire nationale qui soit l'expression
« vivante de notre patrie à tous les âges, et qui, comme dans
« un brillant panorama, la révèle à nos yeux avec ses insti-
« tutions, ses lois, ses mœurs, ses croyances, ses guerres,
« ses années de paix, ses conquêtes et toutes les phases du
« progrès qu'elle a dû traverser, avant d'arriver à l'état de
« grandeur qui fait aujourd'hui l'admiration de l'Europe et
« du monde civilisé (1). »

(1) Voir nos chants du Béarn et de la Bigorre, ou introduction à l'étude de la langue romane, p. 13.

ETUDE CRITIQUE

SUR LA LITTÉRATURE BÉARNAISE,

Par F. Couaraze de Laa,

Professeur de logique au lycée impérial de Tarbes:

Avec deux lettres de MM. de Lamartine et Sainte-Beuve.

(*) Les amis de la langue et de la poésie pyrénéennes ne liront pas peut-être sans intérêt l'appréciation d'un écrivain éminent sur nos « Chants du Béarn et de la Bigorre » :

« Paris, 3 août 1861.

« Monsieur,

« J'ai bien à vous remercier de m'avoir donné « une idée si vive des richesses poétiques de vo- « tre beau pays. La France serait très riche en « poésies populaires, si elle en produisait partout « de semblables ; mais je crois que vos belles val- « lées sont privilégiées, et c'est bien mériter de la « littérature que de nous en présenter ainsi une « flore choisie.

« Veuillez agréer, etc.

« Sainte-Beuve. »

Et quelques jours avant cet encourageant té- moignage, nous recevions les lignes suivantes du poète inspiré des *Harmonies* :

« Monsieur,

« Votre lettre me rappelle de beaux lieux et « d'excellents hommes.

« Merci des chants originaux de votre pays « épique. Je vais les lire sous vos auspices, et, si « la fortune m'accorde enfin quelques heures poé- « tiques, je vous les devrai.

« Al. de Lamartine.

« Paris, 19 juin 1861. »

Qu'il nous soit permis d'ajouter que Sa Majesté l'Impératrice a daigné agréer l'hommage de notre livre et nous faire présenter ses remercîments par M. le marquis de La Grange dans sa lettre du 26 août 1861.

Environnée de si illustres appuis, honorée d'un si auguste suffrage, la poésie romane ne semble pas devoir périr encore, malgré les sinistres pré- sages de quelques esprits exclusifs.

(*) Voir page 21, note (1)

www.ingramcontent.com/pod-product-compliance
Lightning Source LLC
Chambersburg PA
CBHW061629180626
46818CB00005B/2294